慌張先生

「4點10分，

該去收衣服了……」

布基先生放下手上的書說。

哈哈哈……

「等一下就要去看戲了。」

今天是星期六，
晚上6點鐘「大樹洞劇場」要上演精采的人偶劇。

穿好衣服。

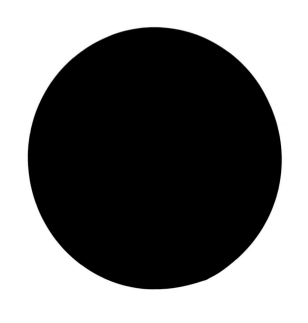

4點40分，

慌張先生還在睡午覺。

不要再玩了！

和ㄏㄜˊ布ㄅㄨˋ基ㄐㄧ先ㄒㄧㄢ生ㄕㄥ一ㄧˊ樣ㄧㄤˋ，古ㄍㄨˇ怪ㄍㄨㄞˋ國ㄍㄨㄛˊ大ㄉㄚˋ樹ㄕㄨˋ村ㄘㄨㄣ的ㄉㄜ其ㄑㄧˊ他ㄊㄚ居ㄐㄩ民ㄇㄧㄣˊ也ㄧㄝˇ正ㄓㄥˋ準ㄓㄨㄣˇ備ㄅㄟˋ出ㄔㄨ門ㄇㄣˊ。

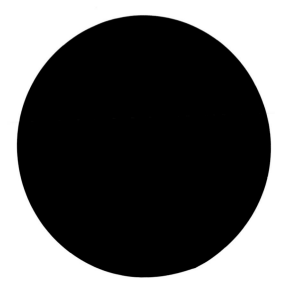

慌ㄏㄨㄤ張ㄓㄤ先ㄒㄧㄢ生ㄕㄥ是ㄕ大ㄉㄚ樹ㄕㄨ村ㄘㄨㄣ
的ㄉㄜ慌ㄏㄨㄤ張ㄓㄤ大ㄉㄚ王ㄨㄤ，
他ㄊㄚ本ㄅㄣ來ㄌㄞ的ㄉㄜ名ㄇㄧㄥ字ㄗ已ㄧ經ㄐㄧㄥ沒ㄇㄟ
有ㄧㄡ人ㄖㄣ記ㄐㄧ得ㄉㄜ了ㄌㄜ。

好ㄏㄠ期ㄑㄧ待ㄉㄞ。

我先走了！

5點了。換上衣服、穿好鞋，關上門，大夥兒一起去看戲。

「哇ㄨㄚ！
5點ㄉㄧㄢˇ15分ㄈㄣ了ㄌㄜ。」

慌ㄏㄨㄤ張ㄓㄤ先ㄒㄧㄢ生ㄕㄥ終ㄓㄨㄥ於ㄩˊ醒ㄒㄧㄥˇ了ㄌㄜ。

「糟（ㄗㄠ）了（ㄌㄜ）！糟（ㄗㄠ）了（ㄌㄜ）！
來（ㄌㄞ）不（ㄅㄨ）及（ㄐㄧ）了（ㄌㄜ）！」
這（ㄓㄜ）是（ㄕ）慌（ㄏㄨㄤ）張（ㄓㄤ）先（ㄒㄧㄢ）生（ㄕㄥ）的（ㄉㄜ）
口（ㄎㄡ）頭（ㄊㄡ）禪（ㄔㄢ）。

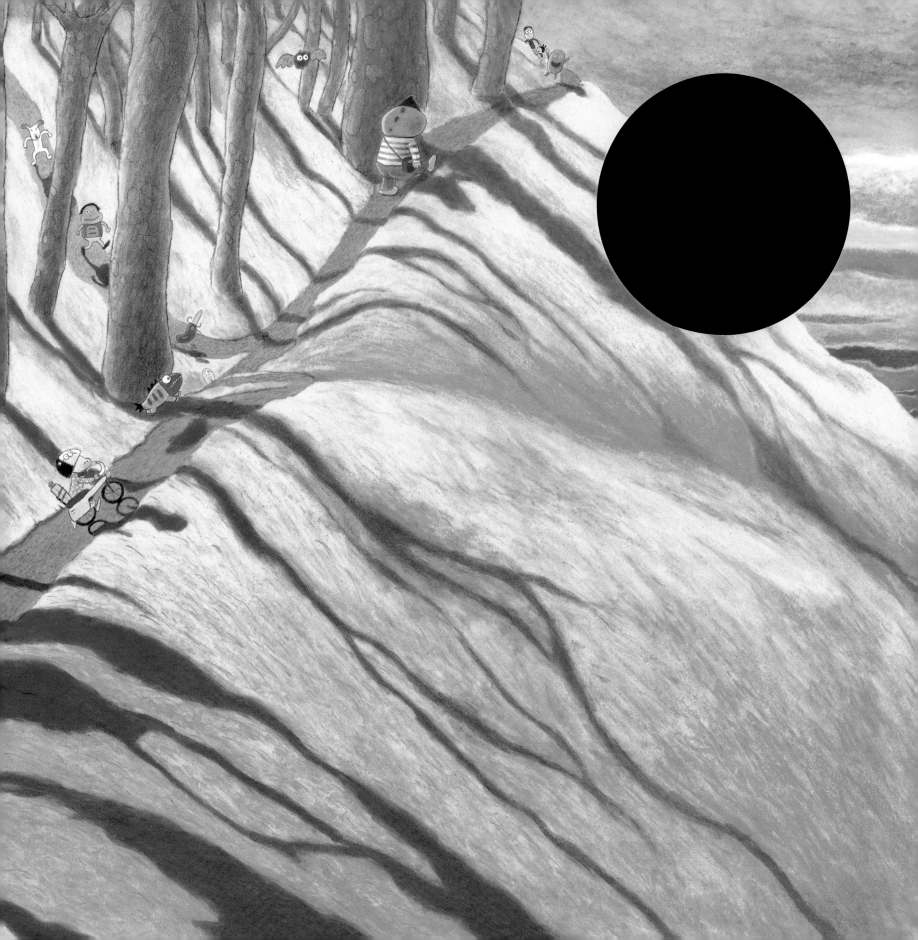

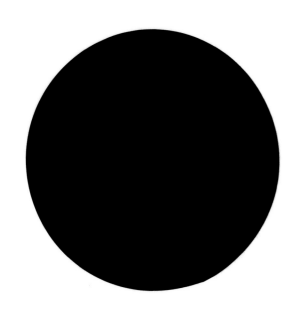

還ㄏㄞˊ有ㄧㄡˇ「快ㄎㄨㄞˋ點ㄉㄧㄢˇ！
快ㄎㄨㄞˋ點ㄉㄧㄢˇ！」這ㄓㄜˋ句ㄐㄩˋ話ㄏㄨㄚˋ。

啊ㄚ！
我ㄨㄛˇ的ㄉㄜ˙鞋ㄒㄧㄝˊ！

吹著微風唱著歌，
秋天的夕陽真漂亮。

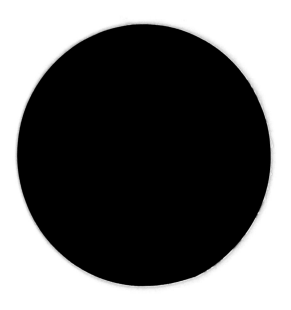

「5點45分了。」

大樹洞劇場到了，
大家正忙著準備。

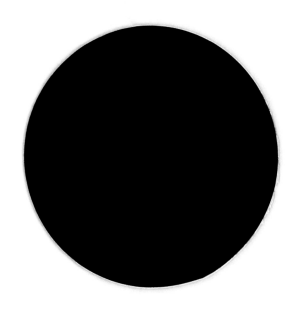

「唉ヵ唷ェ！」
倒ヵ楣ㄟ總ㄗ是ㄕ跟ㄍ著ㄓ
慌ㄏ張ㄓ而ㄦ來ㄌ。

「還ㄏㄞ有ㄧㄡ8分ㄈㄣ鐘ㄓㄨㄥ就ㄐㄧㄡ6點ㄉㄧㄢ了ㄌㄜ，大ㄉㄚ家ㄐㄧㄚ準ㄓㄨㄣ備ㄅㄟ好ㄏㄠ了ㄌㄜ嗎ㄇㄚ？」

「慌張先生，你要趕到哪裡去？」

這是大樹村居民最常跟他打招呼的話。

「快點！快點！
我可是今天的主角呢！」
慌張先生緊張的唸著。

「慌張先生，加油，快唷！」
來看戲的人也紛紛為他加油。

「到了，到了，還有2分鐘才6點。」

「終於趕

慌慌張張套上戲服，

戴上頭套，

「⋯⋯了。」

他衝進更衣室，

急急忙忙踏上舞台。

竟ㄐㄧㄥˋ然ㄖㄢˊ發ㄈㄚˊ現ㄒㄧㄢˋ，
今ㄐㄧㄣ天ㄊㄧㄢ演ㄧㄢˇ的ㄉㄜ˙是ㄕˋ《賣ㄇㄞˋ火ㄏㄨㄛˇ柴ㄔㄞˊ的ㄉㄜ˙醜ㄔㄡˇ小ㄒㄧㄠˇ鴨ㄧㄚ》。

不是

《我變成一隻噴火龍了！》。

大樹洞劇場
賣火柴的
醜小鴨

「明天才有你的戲啦！

慌張先生。」

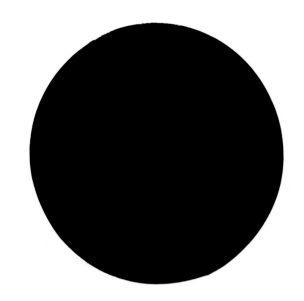

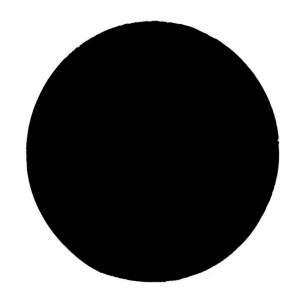

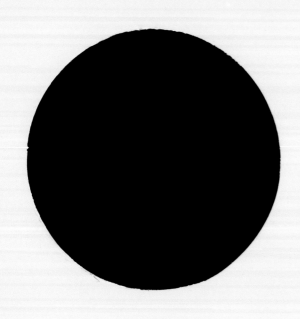

作者簡介

1968年生，27歲那年出版第一本書《我變成一隻噴火龍了！》即獲得好評，從此成為專職的圖畫書創作者。目前一家五口在台東玩耍生活著，並於2014年夏天成立了「賴馬繪本館」。

在賴馬的創作裡，每個看似幽默輕鬆的故事，其實結構嚴謹，不但務求合情合理、還要符合邏輯；每幅以巧妙手法布局的畫面細節，都歷經反覆推敲、仔細經營。除了第一眼的驚嘆，更禁得起一讀再讀。

賴馬的作品幾乎得過所有台灣重要的圖畫書獎項，亦曾連續三年登上誠品書店暢銷書榜圖畫書類第一名。2007年應邀到大阪國際兒童文學館演講。

每有新作都廣受喜愛，迄今主要繪本作品有：
《勇敢小火車》、《生氣王子》、《愛哭公主》、
《我變成一隻噴火龍了！》、 《早起的一天》、
《帕拉山帕拉山的妖怪》、 《猜一猜 我是誰？》、
《慌張先生》、 《我和我家附近的野狗們》、
《胖先生和高大個》、《十二生肖的故事》、
《金太陽銀太陽》、《禮物》等。

• https://www.facebook.com/laima0619 賴馬繪本館粉絲專頁
• https://www.facebook.com/laima0505 賴馬臉書
• 去App聽賴馬故事有聲書